Orgasmus
Für die Frau

AF192365

Sowie andere unerklärliche Phänomene der Erotik

Geschrieben nach Erzählungen aus dem Internet,
den Eigenen Erfahrungen sowie manchen BLOG
Beiträge aus unterschiedlichsten Foren.

Annegret Lehmann
&
Clemens Blättermann

Herstellung und Verlag:
Books on Demand GmbH, Norderstedt
ISBN 978-3-8423-2966-9

Auflage 1
2010

Inhaltsverzeichnis

Vorwort

Einige Menschen benutzen für die "Erotik" auch das englische Wort "Sex". Allerdings hat "Sex" im eigentlichen Sinne nichts mit "Erotik" zu tun. "Erotik" wird von dem griechischen Wort "eros" abgeleitet und bedeutet "Liebe".

Ursprünglich bezeichnete man mit "Erotik" aber die Ausdrucksform sinnlich-geistiger Zuneigung eines Menschen zu einer anderen Person.

"Erotik" unterscheidet man von Sexualität und Liebe insofern, da "Sex" die trieb- und körpergesteuerte Anziehung beinhaltet. Mit "Liebe" bezeichnet man die emotional-seelische und mit "Erotik" die psychologisch-geistige Anziehung zu einer anderen Person.

Die "Erotik" als Ausdrucksform des Sinnlichen ist darüber hinaus auch eine Betrachtungsweise des Lebens.

Die erotische Sicht kann, so wie auf den Menschen, ebenfalls auf die Natur und die Kunst übergreifen. Die "Erotik" lässt Vieles in einem sinnlichen Licht erscheinen.

So kann der Mensch beispielsweise am Frühling vor allem die Düfte der Erde und der Gräser wie auch der Blüten wahrnehmen. In der Kunst locken ihn möglicherweise die Farben, Symbole und Formen. Bei den Menschen selbst sieht man den Körper und dessen Regungen und Bewegungen oder auch die Verlockungen.

Die Stärke der "erotischen Ausstrahlung" beziehungsweise der "erotischen Signale", welche ein anderer Mensch "sendet", wird jedoch keinesfalls nur durch den bloßen Anblick eines möglichst hohen Grads von Nacktheit des Körpers bestimmt. Vielmehr können auch bestimmte Kleidungsstücke oder Gegenstände, Mimik und Gestik oder die Sprache sowie die Körperhaltung und Handlungen von Menschen oder auch deren Abbilder "Erotik" erzeugen.

Dabei arbeitet die "Erotik" mit Symbolen. Sie steht aber auch immer in Symbolen. Je mehr Geschlechtsakt deshalb in den Vordergrund tritt, desto mehr gehen die Symbole verloren.

Trotzdem können aber auch Elemente des Geschlechtsakts als erotische Symbole gelten. Darum sollte man nicht vorschnell urteilen. Zum Beispiel verlässt ein Künstler nicht immer den Bereich der Erotik, wenn er einen Geschlechtsakt darstellt.

Eine weitere Frage dabei ist, ob und wann eine erotische Darstellung für obszön gehalten wird.

Dies liegt wiederum zum Großteil im Auge des Betrachters.

Beispielsweise liegt es zwar einerseits am Autor, welche Reize von einer Darstellung ausgehen. Andererseits liegt es aber auch an der Sichtweise des Lesers oder Betrachters.

Der Leser oder Betrachter führt damit gewissermaßen einen Dialog zwischen der Erlebniswelt des Künstlers und seiner Eigenen. Letztlich liegt also die Bewertung immer beim Betrachter.

Zum Beispiel entlarven sich also bei einer Pornografiediskussion über Kunst oder Literatur nicht die Autoren, sondern die Betrachter.

Ebenso verhält es sich mit der "Erotik" im Dienstleistungssektor, welche man gemeinhin auch als "Rotlichtbranche" diffamiert.

Hierbei verkaufen die Dienstleister überwiegend erotische Illusionen. Natürlich können daraus später auch sexuelle Handlungen entstehen. Genauso, wie auch ein erotischer Roman durchaus einen Geschlechtsakt enthalten kann.

Der scharfe Abgrenzungs-Versuch zwischen Erotik und Pornografie oder Erotik und Sexualität, gehört meist in den Rhetorik-Bereich.

In Wahrheit muss aber jeder selbst die Maßstäbe für seinen jeweiligen Geschmack finden und setzen. Ähnlich wie so ziemlich jeder weiß, dass ein "Jerry-Cotton"-Roman keine große Literatur und eine Porno - DVD kein Meisterwerk erotischer Filmkunst ist.

Verführung

Im allgemeinen Sprachgebrauch bedeutet Verführung, jemanden zur Hingabe zu bewegen. Das heißt, eine Person ohne Gewalt so zu manipulieren, dass sie auch etwas Ungewolltes tut oder zulässt. Als Beispiel etwas kaufen, eine Religion annehmen oder sich hingeben.

Nach Max Weber ist die Verführung eine Form der Herrschaft und der Machtausübung. Sie ist das Hauptmerkmal eines charismatischen Charakters.

Durch seine Begeisterungsfähigkeit vermag der charismatische Charakter andere Menschen für sich und seine Ziele einzunehmen.

Diese Fähigkeit wurde und wird eingesetzt, um beispielsweise Menschen zu helfen, wie es Mahatma Gandhi und Albert Schweitzer taten. Allerdings wurden auch Diktaturen durch charismatische Personen geschaffen. Dazu gehören unter Anderem Benito Mussolini und Adolf Hitler.

Die negative Schwester der Verführung ist die Manipulation. Hierbei werden Menschen mittels bestimmter Techniken von Dingen oder Vorstellungen begeistert, zumindest zeitweise, die sie weder gut noch objektiv nachvollziehen können.

Eine verwandte Form der Verführung ist die Überzeugungskraft. Die Überzeugungskraft findet jedoch hauptsächlich über Argumente statt.

Hier finden sich die Schlüsselpositionen zuerst im Erklären, dann im Begreifen und letztlich im Verstehen.

Bei der Verführungskunst handelt es sich um alle kommunikativen Handlungen und Strategien, mit denen eine Person eine andere für sexuelle Handlungen gewinnt.

Hierfür gibt es schon seit langer Zeit Autoren, welche Ratschläge und Systeme von Verhaltensweisen anbieten.

Dabei lehrt das indische Werk "Kamasutra" nicht nur die Liebes- und Sexualtechniken. Es enthält auch Anweisungen zur Verführung, insbesondere über die Verführung fremder Frauen.

Ein weiteres berühmtes Buch zur Verführungskunst ist das Werk "Ars amatoria" oder "Ars amandi".

Es stammt vom römischen Dichter "Ovid", den man wegen dieses Werkes aus Rom verbannte. Grund dafür waren jedoch nicht die ebenfalls im Buch enthaltenen Anweisungen für gelungene sexuelle Begegnungen, sondern die Abschnitte über das erfolgreiche Verführen.

Das ganze Mittelalter hindurch war "Ars amandi" das maßgebliche Werk zur Verführungs- und Liebeskunst.

In der heutigen Zeit wird der Begriff "Verführung" auch von einigen Autoren für eine Reihe von Flirt-Techniken verwendet. Von diesen wird behauptet, dass man damit jede beliebige Frau verführen kann.

Solche Techniken bezeichnet man auch als "Aufreißen". Dazu gehören jedoch bestimmte psychologische Tricks. Allerdings unterscheiden sich die Techniken dabei aber von gewöhnlichen Annäherungsversuchen. Um das Interesse zu wecken, werden hierzu verschiedene Methoden zum Ansprechen der "Urinstinkte" verwendet.

Erfolgreich flirten

Statt rosa Wölkchen schwirren häufig viele Fragezeichen durch den Raum, wenn zwei Menschen sich einander nähern. Wie Sie mit den – kaum vermeidlichen – Unsicherheiten beim Kennenlernen am besten umgehen.

Anja (36) kommt sich vor wie ein Teenager oder wie die Heldin eines nur mittelprächtigen Films: "Ich habe heute Stunden damit zugebracht, mein Telefon anzustarren und zu denken: 'Klingle endlich!'" Sie wartet auf einen Anruf ihres Online-Flirts Rafael (40) und kann an nichts anderes mehr denken. "Ich frage mich dauernd, warum er sich nicht meldet. Habe ich bei unserem letzten Telefonat etwas Falsches gesagt? Hat er inzwischen eine andere kennen gelernt, die er besser findet?" PARSHIP-Psychologin Nicole Schiller rät zu mehr Gelassenheit. "Eine gewisse Unsicherheit ist vollkommen normal, wenn zwei Menschen sich einander annähern", sagt sie. Verliebtheit und Unsicherheit gehören tatsächlich zusammen – zumindest zu Beginn, wenn noch nicht geklärt ist, ob die eigenen Gefühle auch erwidert werden. Das sollten Sie sich immer wieder bewusst machen. Lenken Sie sich ab, wenn Sie zu viel grübeln. Anja hat das beherzigt, ist mit einer Freundin ins Kino gegangen und hatte einen schönen Abend. Als sie nach Hause kam, war Rafael auf dem

Anrufbeantworter. Jetzt wartet er auf ihren Rückruf.

Besinnen Sie sich auf sich selbst!

Warum fällt es den meisten schwer, einen kühlen Kopf zu bewahren und Dinge auf sich zukommen zu lassen? Nicole Schiller: "Für die Beteiligten steht immerhin einiges auf dem Spiel. Man ist emotional beteiligt und gibt etwas von sich preis. Natürlich möchte man sich da absichern und sich vor Schmerz und Enttäuschung schützen." Allzu viel Grübelei ist jedoch der falsche Weg. "Bleiben Sie bei sich", empfiehlt die PARSHIP - Psychologin.

"Das ist zwar leichter gesagt als getan, aber Sie werden sich besser fühlen, wenn Sie sich auf sich selbst besinnen." Außerdem machen Sie sich dann weniger abhängig von Ihrem Gegenüber. Statt sich den Kopf zu zermartern darüber, was dem anderen an Ihnen nicht gefallen könnte, sollten Sie lieber den Spieß umdrehen: Wie finde ich den anderen eigentlich? Gerade am Anfang sollten Sie sich um einen möglichst realistischen Blick bemühen. Noch kennen Sie einander kaum und sollten also auch Ihrem Gegenüber keine Wichtigkeit zuordnen, die er oder sie noch gar nicht hat.

Manche Aufregung kann man sich sparen!

Gerade bei der Online-Partnersuche ist der Kennenlern-Prozess ist ein völlig anderer als beim Flirten in freier Wildbahn. Das musste auch Albert (46) erfahren, der nach ein paar Mails, die er mit Liane (44) ausgetauscht hatte, der festen Überzeugung war, sie sei die Frau seines Lebens. "Ich habe wirklich geglaubt, wir wären Seelenverwandte. Als ich ihr Foto gesehen habe, war ich sicher, dass sie diejenige welche ist", erinnert er sich. "Vor dem ersten Treffen war ich irrsinnig aufgeregt. Ich wusste ja nicht, ob sie genauso empfindet." Wie sich herausstellte, waren seine Bedenken überflüssig, denn beim ersten Date sprang der Funke bei beiden einfach nicht über. Nicole Schiller kennt das Problem: "Das Internet verführt dazu, Wunschvorstellungen freien Lauf zu lassen und in den anderen sehr viel hineinzuinterpretieren." Hinzu kommt ein gewisses Prickeln, denn bei der Online-Partnersuche wissen ja beide Seiten von Anfang an, worauf das Ganze bestenfalls hinausläuft. Bei jedem Kontakt stellt sich die Frage: Hopp oder Topp? Ein weiterer Unsicherheitsfaktor: Hat er oder sie noch andere Eisen im Feuer? Auch hier gilt: Machen Sie sich nicht verrückt, die Kontakte zu anderen Online-Flirten erledigen sich meist sehr schnell, wenn echte Gefühle auf beiden Seiten ins Spiel kommen.

Wenn die Unsicherheit bleibt!

Problematisch wird es, wenn Unsicherheit länger bestehen bleibt und sich nicht beseitigen lässt. Nicole Schiller: "Wenn Sie merken, dass Ihr Gegenüber unsicher ist, versuchen Sie, ihm oder ihr diese Unsicherheit zu nehmen." Wenn Sie nicht interessiert sind, sollten Sie das fairer weise deutlich machen. Sie selbst sind noch unsicher? Dann sprechen Sie Ihre Empfindungen offen aus. Wenn sich das Gefühl trotz positiver Signale vom anderen nicht von allein verabschiedet, hängt das meist weniger mit dem anderen als mit einem selbst zusammen. "Dann", so Nicole Schiller "sollten Sie sich Gedanken machen, woran das liegen könnte. Oftmals ist das nämlich ein Zeichen, dass man sich mit einem ganz anderen Thema quält." Häufig steckt Verlustangst dahinter, ausgelöst vielleicht durch eine schmerzhafte Trennung. Im Normalfall verflüchtigen sich anfängliche Bedenken und Ängste jedoch ganz von allein, sobald Sie den anderen besser kennen und Ihre Gefühle erwidert werden. Langsam stellt sich dann eine Sicherheit ein, die die beste Grundlage für eine funktionierende und glückliche Beziehung bildet.

12 Regeln zum Orgasmus

Regel 1: **Vorspiel**

Bei drei von vier Frauen ist das Vorspiel wichtiger als der eigentliche Verkehr. Unsere Auswertung verschiedener Umfragen ergab eine mittlere Anlaufzeit von 20 Minuten, wobei richtiges Vorspiel gemeint ist und nicht Kuscheln, Händchenhalten oder Müll raus tragen.

Allerdings ist permanentes Ansteuern der Geschlechtsmerkmale kontraproduktiv. Der Grund: Die weiblichen Geschlechtsorgane sind rasch überreizt und dann geht nichts mehr. Also berühren sie ihre Freundin zuerst an anderen erogenen Zonen, wie z.B. Ohr, Nacken, Zehen, um sie auf ein höheres Erregungsniveau zu bringen. Dann erst widmen sie sich den Hotspots, bis ihre Freundin kurz vor dem Ausklinken ist.

Regel 2: **Einfallsreichtum**

Jede dritte Frau gibt zum Thema "orgasmusförderliches Vorspiel" an: "Je länger desto besser ..." Sie haben auch so eine? Dann sollten sie immer mal wieder herumexperimentieren. Die Betonung liegt auf "immer mal wieder". Auf die Frage, mit welcher

Art von Liebhaber man am wahrscheinlichsten den Höhepunkt erreicht, lautet die Antwort stets: "Er muss Einfallsreichtum haben". Probieren sie einfach mal was Neues aus, zum Beispiel:

- zwei Gläser Schampus (entspannt und entkrampft ihre Partnerin)
- andere Streichel-, Kuss- oder Kosetechniken
- neue Utensilien wie Pinsel, weiche Tücher, Fesseln, Massageöl usw.
- Rollenspiele (fragen sie, welcher Ort, welche Situation sie anmacht)
- Frauenfreundliche Sexvideos
- eine erotische Kurzgeschichte, die sie ihr vorlesen

Regel 3: **Stimmung**

Neun von zehn Frauen sagen: "Damit ich richtig erregt werde, muss die Stimmung passen." Stress, Anspannung, Alltagskram, dicke Luft oder ungelöste Beziehungskonflikte, schon stürzt ihr System ab. Frauen können sexuell nicht so leicht abschalten wie Männer. Also unterstützen sie sie dabei:

- Seien sie besonders nett zu ihrer Partnerin, schaffen sie eine positive Grundstimmung.
- Fördern sie Entspannung, mit z. B. einem Bad, einer Fußmassage, einem Glas Wein etc.

- Räumen sie die Wohnung auf, legen sie ihre Lieblings -CD ein, schalten sie das Handy aus und eine stimmungsvolle Beleuchtung ein.

Regel 4: **Handarbeit**

Nur 1,5% der befragten Frauen masturbieren direkt in der Vagina. Alle anderen stimulieren die Klitoris und deren Umgebung oder Kitzler und Scheide zugleich. Das heißt für sie: Beziehen sie die so genannte "Zauberperle" mit in ihr Liebesspiel ein! Finden sie Stellungen, in denen ihre Partnerin die zusätzliche Handarbeit als angenehm empfindet, was nämlich nicht in jeder Stellung der Fall ist! Die weibliche Mehrheit bemängelt, dass Männer den Kitzler zu grob behandeln. Unsere Tipps:

- Schaffen sie einen "Dämpfer": entweder eine dicke Lage Gleitmittel, etwa Vaseline, oder sie schieben eine der Schamlippen bzw. das Gewebe oberhalb des Kitzlers über denselbigen. Sie können auch die gesamte Hand auf die geschlossenen Labien oder den Venushügel legen und diese so bewegen, dass die Klitoris mitbewegt wird.
- Dann variieren sie Technik, Tempo und Position ihrer Hand. Umkreisen sie mit zwei Fingerspitzen langsam die Perle, maximal eine Runde pro Sekunde. Nehmen sie mal das

zweite Fingerglied statt der Spitze: Der Druck
ist flächiger verteilt und kein Fingernagel
stört.

- Setzen sie sich im Bett mit dem Rücken an die
  Wand, bitten sie ihre Freundin, sich bequem
  an sie zu lehnen, legen sie ihre Hand auf
  ihren Schamhügel und stimulieren sie sie so.
  Wechseln sie auch mal die Hand.

Regel 5: **Kombinationen**

Die Umfragen sind sich relativ einig und eindeutig
in ihren Ergebnissen: Rund 16% der Frauen
kommen regelmäßig durch Oralsex zum Orgasmus,
20% durch Koitus, 15% durch Handverkehr und
46% durch eine Kombination! Nutzen sie dieses
Wissen:

- Bearbeiten sie während des Verkehrs den
  Kitzler, liebkosen sie die Brüste oder
  stimulieren sie alternativ den Damm
  (zwischen Scheide und Anus), den Po oder
  den Venushügel.
- Erregen sie beim Oralsex mithilfe der Finger
  auch ihre Vagina.
- Oder beißen sie ihre Liebste während des
  Liebesspiels sanft in den Nacken.

Regel 6: **Ruhe**

82% der Frauen kommen leichter, wenn sie sich antörnende Sachen vorstellen. Im Klartext: Sie konzentrieren sich ganz auf ihre Empfindungen und Phantasien. Das gelingt besser, wenn sie in den Hintergrund treten, also nicht zu viel Action machen und laut sind. Das empfinden viele Frauen als störend, weil es von ihrer Phantasie ablenkt. Noch eins: Viele Frauen werden kurz vor dem Orgasmus ganz still, was von Männern oft missverstanden wird. Sie interpretieren das als Zeichen, der Sex gefiele ihr nicht mehr. Irrtum! Machen sie einfach weiter, und zwar ganz gleichmäßig.

Regel 7: **Stellung**

Achten sie darauf, dass die Füße ihrer Liebhaberin "geerdet" sind, also sich abstützen können. So kann sie das Becken besser entspannen und auch anspannen. Überhaupt: Eine Stellung, in der sie ganz relaxt sein kann, ist immer förderlicher als jegliche exotische Verrenkung.

Regel 8: **Technik**

Etwa ein Drittel aller Frauen erreichen durch reinen Koitus den Höhepunkt. Doch auch bei diesen reicht schlichtes "Rein, raus" meistens nicht aus. Wir unterscheiden hier den GP- und den KD-Typus:

- Der GP-Typus gehört zu den Frauen mit funktionierendem G-Punkt (eine Stelle an der Scheidenvorderseite). Den aktivieren sie, indem sie z.B. mit der flachen Hand auf den (weichen) Bereich oberhalb des Schamhügels drücken oder von hinten verkehren. Besonders dann, wenn ihre Partnerin dabei an der Bettkante kniet und den Unterleib auf dem Bett ablegt.

- Der KD-Typus kommt durch Stellungen, bei denen indirekter Kitzlerdruck entsteht. Etwa so: Schieben sie in der "Missionarsstellung" das Becken ihrer Frau ein Stückchen höher, so dass ihre Beckenknochen oberhalb derer von ihrer Partnerin sind und sie von oben eindringen. Machen sie mittels Penisschaft und kleineren intensiven Bewegungen Druck auf ihren Venushügel. Das stimuliert ihren Kitzler. Manchmal kann man die Reibung noch verstärken, indem die Frau ihre Beine ganz zusammen nimmt und die ihren außen sind.

Regel 9: **Atmung**

Tantriker wissen: Tiefer, gleichmäßiger Atem verstärkt den Orgasmus. Machen sie den Anfang, vielleicht stellt sich ihre Partnerin automatisch auf sie ein. Oder atmen sie bewusst in ihrem Rhythmus (etwas tiefer, falls sie eher flach atmet). Stellen sie ihren Stoßtakt auf ihre Atemfrequenz ein. Falls diese recht schnell ist, werden sie allmählich langsamer und tiefer (beim Stoßen und Atmen).

Regel 10: **Lage**

Manchmal beschleunigt oder intensiviert ein tiefer gelegter Oberkörper den Höhepunkt, durch den Blutandrang im Hirn. Legen sie ihre Frau über die Bettkante, so dass sie ab etwa der Hälfte des Rückens nach unten hängt. Legen sie ein oder zwei Kissen unter sie auf den Boden, halten sie sie an den Hüften fest.

Regel 11: **Hilfsmittel**

Obwohl sie erregt ist, erreicht etwa jede sechste Frau den Höhepunkt nie. Physische Ursachen könnten z. B. sein: Sie hat nicht gelernt, ihre Unterleibsan,- und Entspannung lustgewinnend einzusetzen. Sie weiß schlichtweg nicht, wie sich ein Orgasmus anfühlt. Unser Tipp: Schenken sie ihr…

- ruhig einen Vibrator, damit sie dieses schöne Gefühl kennen lernen kann.
- das Buch "Die Geschichte mit dem O" von Rachel Swift, worin sie ansprechend formulierte Anleitungen zur Masturbation findet. Dagegen sind die häufigsten mentalen Ursachen: Angst vor Kontrollverlust, Komplexe, Druck.
- Was sie tun können: Bauen sie ihr Selbstbewusstsein auf, indem sie unaufhörlich ihren Körper und ihre Liebeskünste lobpreisen. Kritik gehört nicht ins Bett.

Regel 12: **Geduld**

So manche spürt den Leistungsdruck des Mannes beziehungsweise seine Ungeduld. Oder sie setzt sich selbst unter Druck, weil sie glaubt, eine "richtige Frau" müsse orgasmusfähig sein. Zeigen sie ihr, dass sie alle Zeit der Welt haben. US-Paarberater Marty Klein: "Entscheidend ist das Vergnügen auf dem Weg dorthin."

Der A Punkt

"A-Punkt" steht für die englische Bezeichnung "Anterior Fornix Erogenous Zone".

Allerdings können Gegnerinnen analer Stimulation beruhigt sein. Damit hat der "A-Punkt" nämlich nichts zu tun.

Der "A-Punkt" stellt einen Bereich in der Vagina dar, der auf Stimulation angeblich extrem empfindlich reagiert. Dem Gynäkologen Chua Chee Ann aus Malaysia liegt dieser Punkt zufolge in der Scheidenvorwand. Er befindet sich dort etwa am oberen Ende des Vagina- Kanals zwischen Gebärmutterhals und dem G-Punkt.

Nach Ansicht des Gynäkologen ist der "A-Punkt" noch reizempfindlicher als der ebenfalls umstrittene G-Punkt.

Beschrieben wurde der "A-Punkt" von Chua Chee Ann im Jahre 2003 auf dem siebten Asian Congress of Sexology. Vor allem betonte er die Bedeutung für Frauen mit starken Schmerzen beim Geschlechtsverkehr durch fehlende Feuchte.

Durch die Bartholinischen Drüsen erhöht sich aber laut Ann bei einer Stimulation der Zone die Lubrikation. Das heißt, dass dieser Stimulationspunkt unmittelbar zum Feuchtwerden der Vagina führt. Zudem löst er Reflexe des Wohlbehagens aus und führt weiterhin zum Schwellen des Geschlechtsorgans.

Die Entdeckung dieses Stimulationspunktes ist laut Chua Chee Ann daher wichtig für Frauen, die aufgrund einer trockenen Vagina beim Geschlechtsverkehr Schmerzen haben. Diese Frauen sollten lernen, den "A-Punkt" zu finden.

Nach Angaben des Gynäkologen reagiert außerdem ein Drittel der Frauen auf die Stimulation des "A-Punktes" mit multiplen Orgasmen. Allerdings ist dieser Punkt etwas schwierig zu erreichen.

Ann behauptet, dass er den "A-Punkt" zufällig bei einer Untersuchung entdeckte. Daraufhin testete er die nächsten vier Jahre bei über 270 weiteren Frauen die Reaktion auf die entsprechende Stimulation. Mehrere dieser Frauen kamen dabei spontan zum Orgasmus. Angeblich ist der "A-Punkt" das Epizentrum des weiblichen Orgasmus.

Der G Punkt

Frauen deren G-Punkt gut entwickelt und trainiert ist, erleben häufig nicht nur multiple, vaginale Orgasmen, meist im Zusammenhang mit Ejakulationen, sondern ebenfalls klitorale Orgasmen. Orgasmen, ausgelöst durch klitorale Stimulation sind allgemein bekannt und den meisten Frauen vertraut. Vaginale Orgasmen werden jedoch als "tiefer" empfunden und können befriedigender und emotionaler sein.

Frauen die vaginale Orgasmen erleben, besonders die, die auch ejakulieren, verfügen in der Regel über eine ausgeprägte Libido. Ein 50-jährige Frau, die häufig ejakuliert, sagte aus, dass sie ihrem Partner nie Sex verwehre: "Vielleicht fragt er mich nicht wieder." Diese Frau findet nicht nur Gefallen am Sex, sie wünscht ihn sich häufig.

Whipple und Perry glauben, dass es sich beim G-Punkt um ein drüsenartiges Gewebe handelt. Es ist eine druckempfindliche Stelle, auf die viele Frauen jedoch erst durch geeignete Stimulation aufmerksam werden. Wie kann eine Frau ihren G-Punkt entwickeln? Es gibt verschiedene Möglichkeiten. Wenn sie allerdings ihr ganzes (Liebes) Leben lang auf dem Rücken, in der Missionarsstellung verharrt (der Mann oben, Angesicht zu Angesicht), wird der G-Punkt wahrscheinlich nicht gereizt und könnte unerkannt in der vorderen Vaginalwand bleiben. Werden jedoch auch häufig andere Positionen beim Geschlechtsverkehr verwendet, (z. B.: der Penis des Partners dringt von hinten in die Vagina ein) wird der Penis wahrscheinlich fest gegen den G-Punkt stoßen und ihn entwickeln. Es kann jedoch eine geraume Zeit dauern, bis der G-Punkt durch diese Stellung beim Geschlechtsverkehr ausreichend sensitiviert wird. Deshalb sollte eine Frau sich ihrer Finger oder mittels eines Vibrators selber stimulieren, wenn sie eine möglichst rasche Entwicklung wünscht.

Die meisten Frauen haben Schwierigkeiten die Stelle auf dem Rücken liegend zu ertasten, da die Schwerkraft die inneren Organe nach unten und vom Vaginaleingang wegzieht, so dass es für Finger oder Penis schwerer wird die Stelle ausfindig zu machen. Es ist leichter, die Stelle in einer hockenden oder sitzenden Position ausfindig zu machen. Da häufig die erste Empfindung beim Berühren des G-Punktes dem des Harndrangs ähnlich ist, ist es am Besten die ersten Berührungsversuche sitzend auf der Toilette durchzuführen. Weiterhin ist es sinnvoll die Blase vorher zu entleeren, da sie mit leerer Blase den vermeintlichen Harndrang ignorieren kann, der ohnehin nach den ersten Versuchen verschwindet.

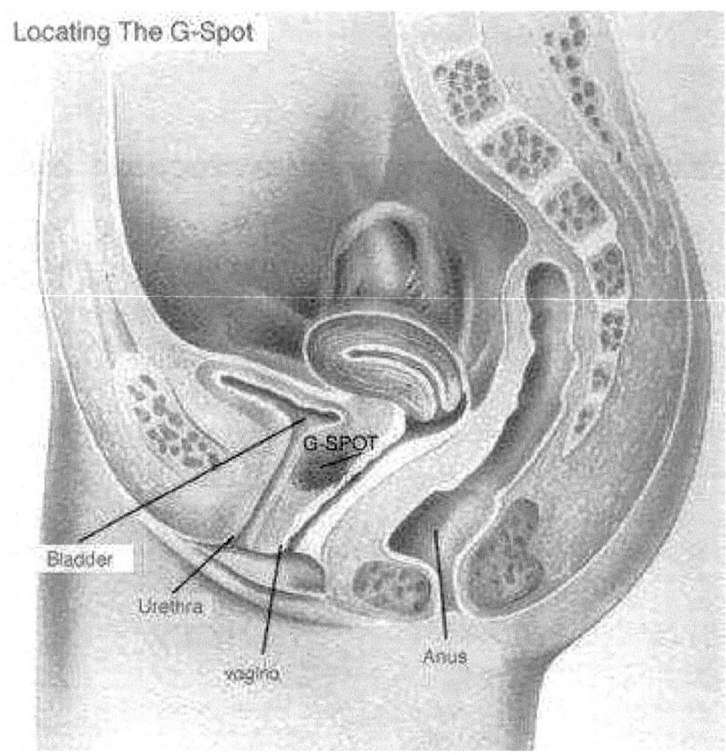

Querschnitt weibliche Sexualorgane

Mit einem oder zwei Fingern sollte sie die vordere Vaginalwand mit festem Druck abtasten. Gleichzeitig kann sie mit der anderen Hand ebenfalls festen Druck von außen, genau oberhalb des Schambeins, ausüben. Wenn sie den G-Punkt findet und drückt, beginnt dieser anzuschwellen, und kann als mehr oder weniger großer "Knoten" ertastet werden. Einige Frauen haben einen größeren, andere einen kleineren G-Punkt (bis etwa zur Größe einer Walnuss), so wie einige größere

Brüste haben oder einige Männer einen größeren Penis. Die Größe ist jedoch nicht von Bedeutung: die subjektive körperliche Empfindung bleibt die Gleiche, unabhängig von der Größe. Jedoch, so wie einige Frauen mehr durch die Stimulation ihrer Brüste erregt werden, so empfinden einige die Reizung des G-Punkts angenehmer als andere.

Sie wird einen festeren Druck auf den G-Punkt ausüben wollen, als würde sie ihre Klitoris reizen. Wenn sie fortfährt die vordere Vaginalwand zu stimulieren, was sich etwas bis moderat Angenehm anfühlen sollte, wird sie unter Umständen Zuckungen im Bereich des Uterus feststellen. Sobald der vermeintliche Harndrang nachlässt, wird sie sich an einen angenehmeren Ort, wie das Bett, zurückziehen wollen. "Nehmen sie ein Handtuch mit, wenn sie immer noch besorgt sein sollten urinieren zu müssen. Fahren sie fort die Stelle in einer knienden oder hockenden Position, mit den Füßen weit auseinander, zu massieren," empfehlen Ladas, Whipple und Perry.

Sie fügen hinzu: "Wenn sie einen Orgasmus haben, werden sie feststellen, das sich dieser von dem ihnen bekannten, durch klitorale Stimulation hervorgerufenen, unterscheidet. Einige Frauen ejakulieren im Augenblick des Orgasmus eine klare Flüssigkeit und andere haben kurz vor der Ejakulation das Gefühl urinieren zu müssen. Sollten sie ejakulieren, werden sie feststellen, dass die

Flüssigkeit viel klarer und heller ist als Urin und auch nicht danach riecht." Die Menge des Ejakulats entspricht in etwa dem des Mannes, ist farblos, nahezu geruchlos und mit Sicherheit ausreichend, das Bett zu nässen.

Ihr Partner kann eine wichtige Rolle bei der Entdeckung des G-Punkt Orgasmus spielen, indem er seine Finger, am Besten den Mittel- und Zeigefinger, in die Vagina seiner Partnerin einführt und die vordere Vaginalwand mit einer Art "komm her" Bewegung massiert. Kurze Fingernägel sind hierbei unerlässlich und mäßig fester Druck angebracht. Ein stimulierter G-Punkt wird sich schwammig anfühlen und sich vom Rest der Vagina deutlich unterscheiden. Eine derartige Massage des G-Punkts kann in relativ kurzer Zeit einen Orgasmus auslösen. Oder auch mehrere. Die Stelle wird hart und fest, wie ein Penis, wenn sie anschwillt, manchmal bis zur Größe einer Walnuss. Sie kann ertastet werden, wenn der Partner die Stelle nach oben drückt und gleichzeitig von außen Druck auf den Unterleib, genau oberhalb des Schambeins, ausübt.

Obwohl es für eine Frau möglich ist, diese Form der Stimulation selber auszuüben, ist es für ihren Partner doch wesentlich einfacher, als für sie.

"Der G-Punkt liegt nicht direkt auf der Vaginalwand, kann jedoch durch sie hindurch ertastet werden," schreibt Beverly Whipple in ihrer Publikation "How to find the Graefenberg Spot". Er kann normalerweise auf halbem Wege zwischen Schambein und Gebärmutterhals erfühlt werden und fühlt sich wie ein kleiner "Klumpen" an, der bei geeigneter Stimulation anschwillt. Viele Frauen berichten, dass sie bei der ersten Berührung ein Gefühl wie Harndrang verspüren, auch wenn die Blase eben erst entleert wurde. Häufig jedoch, üblicherweise innerhalb von zwei bis zehn Sekunden, macht dieses Gefühl, dem von deutlicher sexueller Erregung Platz. Einige Frauen berichten über Orgasmen, ausgelöst durch die Stimulation dieser Stelle, sowie einer explosionsartigen Ejakulation aus der Urethra, wenn sie diese Art des Orgasmus erleben. Die verspritzte Flüssigkeit sieht wie wässrige Magermilch aus.

"Frauen berichten über Schwierigkeiten den G-Punkt selber zu finden und zu stimulieren (außer mit Hilfe eines Dildo, G-Punkt Vibrator oder ähnlichem Hilfsmittel), haben jedoch keine Probleme das Gefühl sexueller Erregung zu identifizieren, dass durch die Stimulation durch den Partner hervorgerufen wird. Das Problem für die Frau, den G-Punkt im Liegen zu finden, liegt darin, dass sie sehr lange Finger haben muss und/oder eine sehr kurze Vagina."

"G-Punkt" beim Mann

Bei Frauen viel diskutiert, scheint die G-Punkt-Frage beim Mann eher kein Thema zu sein. Eigentlich schade - denn grundsätzlich gäbe es ihn schon, den "roten Knopf" der Lust

Die Prostata soll das verheißungsvolle Pendant zum weiblichen Lustzentrum darstellen. Sie liegt unterhalb der Harnblase und umschließt die Harnröhre. Normalerweise hat die Vorsteherdrüse - wie sie auch genannt wird - die Größe einer Kastanie und besteht aus Drüsen, Drüsengängen und Muskelfasern.

Welche Funktion hat die Prostata?

Die Prostata produziert ein milchig-klares Sekret, das gemeinsam mit den Samenzellen das Ejakulat bildet. Diese alkalische Flüssigkeit der Vorsteherdrüse sorgt für die Beweglichkeit der Samenzellen. Ohne dieses Sekret könnten diese die Scheide, in der ein saures Milieu vorherrscht, nicht passieren und in die Gebärmutter aufsteigen.

Wo liegt die Prostata?

Am besten lässt sich die Vorsteherdrüse über den Anus lokalisieren. Etwa fünf bis sieben Zentimeter hinter dem Anus-Eingang kann man sie an der vorderen Darmwand - also zur Bauchdecke hin - als eine weiche Kugel ertasten. Eine indirekte Stimulation von außen ist durch eine behutsame Massage des Dammes - der Bereich zwischen Hodensack und Anus - zu erzielen.

Wie kann man die Vorsteherdrüse stimulieren?

Zur Stimulation der Prostata kann man entweder einen oder zwei Finger bzw. Sextoys verwenden. Wobei durch leichtes Massieren oder "Kraulen" ein sehr intensives, schönes Körper- bzw. Lustgefühl ausgelöst werden kann. Diese Reize führen dazu, dass die Harnleiter zu pulsieren beginnen, die Prostatamuskeln sich zusammenziehen und Kontraktionen der Beckenboden-Muskulatur einsetzen. Eine körperliche Reaktion, wie sie auch beim männlichen Orgasmus beobachtet wird. Diese Form der Stimulation kann manchmal sogar ausreichen, um zum Höhepunkt zu kommen. Auch wenn der Vergleich zugegebenermaßen etwas weit hergeholt erscheint: Bei Zuchtbullen und Schafböcken wird die Elektrostimulation der Prostata zur Samengewinnung eingesetzt.

Wie auch beim Analverkehr, ist beim Einführen der Finger bzw. von Sextoys in den Anus besondere Vorsicht geboten. Der Schließmuskel ist behutsam zu dehnen. Erleichtert kann dieser Vorgang werden, indem der Mann beim Einführen leicht presst, wie etwa beim Stuhlgang.

Vielen Dank für Ihr Interesse an diesem Buch. Zuletzt wollen wir uns bei unseren zahlreichen Quellen bedanken, die dieses Projekt erst ermöglicht haben.

Vielen Dank an die Webpräsenzen:

www.potenzblog.de

www.senne.net

www.netdoktor.de

Der Inhalt dieses Buches ist nach den Quellen der vorgenannten Webpräsenzen entstanden.

Keine Abmahnung ohne vorherigen Kontakt !

Sollten einzelne Inhalt oder Aufmachung dieses Buches, Rechte Dritter, gesetzliche oder Wettbewerbsrechtliche Bestimmungen verletzen, bitten wir um kurze Benachrichtigung ohne Ausstellung einer Kostennote. Zu Recht beanstandete Passagen, Grafiken oder Textteile werden schnellstmöglich von uns entfernt und / oder richtig gestellt, so dass die Einschaltung eines Rechtsbeistandes nicht erforderlich ist. Dennoch von Ihnen ohne vorherige Kontaktaufnahme ausgelöste Kosten werden wir vollumfänglich zurückweisen und ggf. Gegenklage wegen Verletzung der vorgenannter Bestimmungen einreichen. [info@kss24.eu]